GRANDE

DÉCOUVERTE

D'UN MANUSCRIT

ARISTOCRATE

AYANT POUR TITRE:

PETIT

RECUEIL INNOCENT

A L'USAGE

DES DEMAGOGUES.

DÉDIÉE AU MARQUIS DE VILLETTE.

A PARIS,

DE L'IMPRIMERIE DE LA CHRONIQUE.

AVERTISSEMENT.

Nous nous sommes mis en possession des pièces suivantes, à-peu-près comme on s'est mis en possession de la Citadelle de Marseilles. Je dis , *à-peu-près* ; car nous n'avons point porté le pistolet sur la gorge de l'Auteur. Mais nous lui avons adroitement dérobé son manuscrit dans son Secrétaire , bien qu'il fût fermé à double et triple serrure.

Quelques Aristocrates hypocrites ne manqueront pas de jetter les hauts cris : ils diront, que l'acquisition et la publication du recueil par nous dénoncé au Public , sont deux viols faits à l'honneur et à la probité. Mais nous leur apprendrons à ces vils suppôts de tant de préjugés gothiques, qu'*au nom de la Nation*, le crime cesse d'être crime, que le vol est honnête, que le pillage est juste, que les assassinats deviennent des actes d'héroïsme ; qu'enfin le fer et la flamme sont les armes du vrai Patriote.

Nous attendons une occasion plus favorable pour donner au Public tous les renseignemens nécessaires sur l'infâme Auteur des pièces ci-jointes. Nous nous contenterons de dire pour le moment, que sa signature portoit dans l'original : *Par un certain J.-F., Auteur anonyme de l'Adresse patriotique de vos Représentans dans la Lune à l'Assemblée Nationale de France : laquelle Adresse tomba des Cieux, par miracle, sous la patte d'un de nos animaux du Manège.*

Quant au titre du Manuscrit, il étoit ainsi conçu : *Petit Recueil innocent à l'usage des Démagogues.*

Nous regrettons bien sincèrement d'avoir, dans un premier mouvement d'indignation, lacéré et brûlé la moitié de cet Ouvrage antinational. Mais nous pouvons assurer que, pour prouver au Peuple, à ce bon Peuple exterminateur de quiconque ne l'adore point à genoux, tout le zèle que son intérêt nous inspire, nous fouillerons désormais poches, secrétaires, cassettes et latrines même ; le tout à l'exemple du Comité des recherches. Alors *væ malis!* Nous dénoncerons tout à la vengeance publique ; et garre à la *Lanterne!* La Lanterne, morbleu! Voilà l'*ultima ratio* d'un Peuple libre!

LES
ÉTATS GÉNÉRAUX
DES BETES.

(Extrait fidèle du dernier Tome de leur Histoire.)

DAME Sottise, un beau matin,
Aux Animaux tourna la tête.
Le miracle n'étoit pas fin.
Souvent aussi chez le bon Genre humain
La Princesse a maints jours de fête;
Et tel, qui maintenant sourit d'un air malin,
Pour être homme, n'est pas moins bête.
Or donc, Messieurs les Animaux,
Las d'un Gouvernement antique
Décrié par leurs Mirabeaux,
Convoquèrent, un jour, leurs ÉTATS-GÉNÉRAUX
C'étoit le moyen sûr, l'unique,
Pour obvier en peu de tems
A la calamité publique !
Ainsi, du moins, le prônoient bien des Gens,
Parmi lesquels brilloient certains Savans,
Dignes, comme Target, du siège académique.
Bien est-il vrai que ces maux effrayans,
Qui de l'Etat devoient causer la chûte,
N'existoient point, sinon dans la cervelle brute

De trois ou quatre Charlatans.

Mais le Peuple est partout le même,

Crédule, sot et dupe, ignare, et *cœtera*

Qui dit Peuple, dit tout cela.

Tant et si fort on lui cria :

Peuple, ta misère est extrême!

Qu'à la fin plus il n'en douta.

Q u i pensez-vous qu'élut le Peuple Bête

Pour ses dignes Représentans ?

Deux ou trois cents fripons vendus aux plus offrans.

Un Dindon, bisayeul du Champenois La Bête ;

Un Perroquet, parlant comme d'Autun,

Echo gagé des dires d'un chacun ;

Un Ane renforcé, plus sot que l'Anon même ;

Une Autruche rusée, autant que Nicodême ;

Un vil Coucou, parrain de Populus ;

Un gros Ours, mal léché, dont la lourde faconde,

Après le grand Target, accoucheur de *rebus*,

Pour assommer les gens n'eut point d'égale au monde.

Certain Lièvre à vapeurs, ainsi que d'Aiguillon,

Roberspierre, et le Chef de nos braves Patrouilles,

Des périls qu'il rêvoit délateur fanfaron,

Et tremblant devant des *Grenouilles.*

Un Cheval bel-esprit, la fable des Haras,

Philosophe célibataire,

Fuyant, comme Villette, et l'Amour et la Guerre ;

Et comme lui, *tournant le dos* dans les combats,

Ou n'attaquant que *par derrière* (1) ;

(1) *Le commentaire de ce passage est après la Fable, dans la petite Pièce intitulée :* La Différence, *page* 14.

Enfin, nourri de fange et paîtri de limon;
On vit, noble aggrégé d'un si brillant cortège,
Un Dom Pourceau, cousin d'un moderne *Cochon*,
Grogner *incognito* dans un coin du manège :
    (C'étoit ainsi que se nommoit, dit-on,
L'endroit où la COMMUNE avoit placé son siège;
    Et quant à moi, j'approuve fort ce nom.....)
      Pas n'est besoin que je le dise,
Tout alloit! Dieu sait comme, avec de tels Oisons!
      C'étoit un combat de bêtise !
Sottise étoit Raison, Raison étoit Sottise.
      Les Députés Alliborons
Mennoient sur-tout chaque chose à leur guise;
Car leur logique étoit dans leur poumons.

    CEPENDANT régnoit lors un Lion débonnaire,
Dont la clémence étoit l'auguste caractère;
      En tout, image de LOUIS;
    De ses Sujets moins le Roi que le Père,
    Et la terreur de ses seuls ennemis;
      Sur le Trône, Roi populaire;
Partant, quoique Lion, Monarque plus humain
Que certains Roitelets, natifs de la Commune,
      Ou que Barnave, à la Tribune,
      Tranchant du petit Domitien.

      TÉMOIN du stupide délire
    De ces Mydas Législateurs,
    Dont les Décrets profanateurs
Annihiloient les Lois et les Mœurs et l'Empire,
Sa Majesté Lionne en marqua sa douleur.

Elle offrit son secours, ses conseils, sa prudence,
    Mieux elle eut fait d'employer sa puissance
    Mais le bon Roi croyoit que la douceur
    Peut quelquefois plus que la violence.
      Hélas ! il parloit à des Sourds.
Voilà que tous mes Sots s'assemblent; grand concours!
Plus grand tumulte encore ! On délibère, on crie.
» Quoi ne pas admirer le chef-d'œuvre divin
    » Des Députés de *Béthanie!*
» Quoi conseiller un Peuple ! un Peuple souverain !
» Quelle audace ! grands Dieux ! quelle fureur impie!
» C'est un crime, Messieurs, de lèze-Nation !
    » La chose est claire : on veut nous rendre esclaves;
» On veut nous égorger.... Car enfin.... Que sait-on ?
» Demain, ce soir peut-être....Ah ! brisons nos entraves !
» S'il faut du sang.... Hébien ! oui ! qu'il coule à longs flots.
» Le sang!.... Est-il si pur, près de notre repos?....«
    Ce discours est très-pathétique;
    Et, sur-tout, bien patriotique.
Il eût fait applaudir Barnave ou Mirabeau.
Aussi *Majorité* cria : *Bravo, Bravo!*
Tout s'émeut.,.. La Canaille arbore la Cocarde.
Chacun saisit flambeaux, lance, épieux, hallebarde;
    La fureur fait arme de tout.
De vils Brigands, poussant la rage jusqu'au bout,
Ont investi l'enceinte, autrefois révérée,
Où l'auguste Lion avoit fixé sa Cour.
Sa GARDE, à ses yeux même, expire massacrée,
    Victime du plus noble amour.
    Le sang ruisselle au pied du Trône.
Jusqu'au lit nuptial, que la mort environne,

                Une

Une main (1) sacrilège ose porter ses coups!
La REINE même! *(ô crime inoui parmi nous!)*
La REINE poursuivie, et pâle sans haleine (2),
Contre un fer assassin trouve un asyle à-peine
Entre les bras sacrés de son royal Epoux......

      Nuit PARRICIDE! nuit complice
      Du plus horrible des forfaits!
Puisse, des tems au moins soulevant la justice,
Mes cris accusateurs te flétrir à jamais!

      MAIS, halte-là! trève au ton lamentable!
      A mon récit donnons plus de gaieté.
      Pauvre Idiot! n'écrivant qu'une Fable,
Je pensois bonnement dire la vérité!

      TANDIS que nos Gens faisoient rage,
      Et courroient à-tort à-travers,
      Tuant, volant, livrant tout au pillage,
      En vrais Démons échappés des Enfers;

---

(1) *L'Auteur auroit dû se souvenir que les Bêtes n'ont point de* mains, *mais bien des* pattes. *C'est une erreur involontaire échappée sans doute dans le feu de la composition.*

(2) *D'après les renseignemens qu'on s'est procurés depuis la nuit exécrable du 5 au 6 Octobre dernier ; il paroît que les Monstres, armés de poignards pour arracher la vie à notre auguste SOUVERAINE, étoient gagés par l'infâme Duc d'ORLÉANS ! Il vouloit se venger du mépris que cette FEMME-FORTE lui avoit toujours porté. Cinquante mille Familles ont*

B

Leur La_Fayette, en Bête fine (1) et sage,
Seul, dans un coin tapis, laissoit crever l'orage,
Et, feignant de dormir, ronfloit..... les yeux ouverts.

Cependant, par tendresse pure
Pour un Prince plein de bonté,
Au fond d'un vieux château, prison royale et sûre,
On confine Sa Majesté.
Sa Majesté...... de nom; car, malgré l'apparence,
On savoit que penser de la réalité.
Maître Singe pourtant, cuirassé d'impudence,
Grand nouvelliste à gage, et sentant le fagot,
Moins menteur, il est vrai, que Mercier ou Brissot,

---

les yeux ouverts sur le Châtelet, chargé depuis long-
tems d'éclairer cette affaire. Mais hélas ! il a con-
damné Favras.........

(1) Plus la Révolution s'achève, plus on admire
ce Héros ! avec quelle amabilité il parcourt toutes les
rues de la Capitale, monté sur une cheval blanc,
forçant, par sa politesse (car il a toujours son
chapeau à la main) tous les individus à le saluer.
Le Duc de Beaufort en faisoit autant.

Qui auroit dit que ce Petit Marquis auroit fait une
fortune aussi rapide ! A peine échappé du Collège,
il vole au secours des Insurgens Américains. La
Renommée, soudoyée par l'orgueilleuse maison de
Noailles, fait chanter ses exploits par tous les
Journallistes : Les François imbécilles oublient Ro-
CHAMBEAU, soupçonnent BOUILLÉ et d'ESTAING, pour
couronner ce petit CÉSAR,

Mais plus mâtois en recompensé,
Partout du Roi captif vante la liberté ;
Sur-tout, en mots pompeux, exalte sa puissance ;
Dit même, que, tel jour, il eut de la gaiété,
   Et soupa bien, quoiqu'il fît abstinence ;
Et que, de son Palais, par le deuil habité,
Cent fois son désespoir eût troublé le silence.

   Pour adoucir le triste sort
Du Lion dégradé, par une indigne audace,
   Un beau Coursier, de noble race,
Voulut, un jour, tenter un généreux effort.
Soudain ce fut un monstre, indigne du nom d'Homme.
D'Homme ! Non ; de Cheval ; je me trompois : d'accord.
Mais soit Homme ou Cheval, on l'arrête d'abord.
On craignoit son courage. Or, attendu qu'en somme,
   On n'a point peur d'un Héros mort,
   Comme FAVRAS on l'étrangle, on l'assomme,
En attendant qu'on vît s'il avoit tort.

   Après cela, ce fut merveille ;
   Quel sage auroit osé parler ?
On ne prend point plaisir à se faire étrangler :
Notre LANTERNE en est la preuve sans pareille.
   Aussi la Commune eut beau jeu ;
Du nom de *bien-public*, masquant son égoïsme,
A l'aise elle affermit son petit despotisme,
Défit tout, brouilla tout ; fit du bien, point ou peu ;
   Mais pour du mal, c'est autre chose ;
   Oh ! c'étoit-là son élément !
   Grands débats sur petite cause ;

Ni crédit, ni commerce, encore moins d'argent;
Partout rivalités, fureurs et jalousie;
Plus d'amitié; partant, plus de bien dans la vie.
    En vertu de la LIBERTÉ,
    Chacun prenoit des airs, c'étoit pitié !
Le fils, jadis soumis, plaidoit contre son père,
    A la mode de Mirabeau;
La fille, autrefois sage, abandonnoit sa mère,
    Pour suivre un fat, un *Dinocheau!*
    Le frère eût égorgé son frère,
    Pour la valeur d'un vermisseau.
L'Amour souffroit aussi. Plus de couples fidèles;
    On se quittoit, comme l'on s'étoit pris;
    Car le Divorce étoit permis,
    Même aux si douces Tourterelles.

    Q'UARRIVA-T-IL? Enfin le tems
    Des ANIMAUX guérit les têtes,
    Donna de la raison aux Bêtes,
    Et des yeux aux moins clair-voyans.
Le Peuple, à ses dépens, du moins rendu plus sage,
En un moment, brisa ces Tyrans insensés,
Dont l'orgueil usurpoit un trop crédule hommage;
    Et sur leurs Autels renversés,
Sans tache, désormais, brilla l'auguste Image
    D'un ROI trop long-tems outragé.
    Le LION oublia l'offense
    En voyant son Peuple changé;
Et le bonheur de tous fut sa seule vengeance........

O LOUIS! ô mon ROI! PRINCE ami des Français!

Tu gémis, entouré des ingrats que tu fais!
Mais ils viendront! ces jours expiateurs du crime,
Où ton Peuple.... en ton sein versera ses regrets.
Laisse, alors, sommeiller un courroux légitime:
Que ta justice épargne sa victime!
Et ne punis, qu'à force de bienfaits!

LA DIFFÉRENCE.

ÉPIGRAMME.

Entre Mons VILLETTE et BOUFFLERS,
Voici quelle est la différence :
Cher à Vénus, cher à la France,
BOUFFLERS unit en jolis vers
Et le plaisir et l'innocence.
VILLETTE a deux petits Travers :
Il aime en Marquis de Florence,
Rime en Pradon, sans élégance ;
Et fait souvent tout à l'*envers.*
BOUFFLERS est l'amour de nos Dames ;
VILLETTE n'eut que leurs mépris.
Tous deux célèbres dans Paris,
L'un épousa toutes nos femmes,
L'autre épouse tous nos maris.

APOTHÉOSE

De quelques-uns de nos illustres REPRÉSENTANS.

ÉPIGRAMME.

» BIENHEUREUX les pauvres d'esprit «!
C'est Saint-Mathieu qui nous l'a dit;
Chapitre cinq, Verset troisième....
Honneur soit donc à Nicodême !
Au Champenois la Bête , honneur!
A vous, ci-devant MONSEIGNEUR,
Monsieur d'Autun , honneur de même !
Pendant que Maury l'importun
Grossira l'infernale bande,
Pour avoir eu du sens commun
En Député de contrebande.
Vous , beau trio de Sots bénis,
Vous vous pavanerez à l'aise,
Juchés au haut du Paradis,
Entre Saint-Gile et Saint-Nicaise.

COUPLET GRIVOIS.

AIR : *De Joconde.*

Amis ! bénissons l'art divin
De TARGET L'ALCHIMISTE.
Le GRAND-OEUVRE touche à sa fin ;
En France plus d'air triste !
Nous aurons tous beau coffre-fort,
Chevaux, Palais, Voitures,
Si jamais il fait autant d'or
Qu'il nous a fait d'ordures.

ÉPIGRAMME.

ÉPIGRAMME.

Mons d'Aiguillon, souvent peu sobre
Quand il parle de ce qu'il fit,
Un certain jour vantoit la nuit
Qu'on appelle du six Octobre :
Nuit, si digne d'un grand renom !
Où plus d'un Héros charitable
Changea sa culotte en jupon ,
Pour paroître moins formidable.
» Ma foi, disoit donc d'Aiguillon,
» Cette nuit-là , sous le haillon
» Je vis plus d'une Pénélope« !
Au bon Duc que répondit-on ?
On répondit : Tais-toi, SALOPE !

C

ÉPIGRAMME.

Lorsqu'en notre Sénat auguste,
Où douze cens Rois sont assis ,
Ont eût appris la mort si juste
De Foulon et de Sauvignys :
Comment , un Peuple antropophage ,
Que jadis François l'on nomma ,
Pour passer un moment sa rage ,
A manger leur cœur s'amusa :
Tout , jusqu'au marmot Roberspierre ,
Du souper nouveau frissonna,
Mais Barnave à l'ame plus fière ,
» Bon ! dit-il, n'est-ce que cela ?
» D'en parler c'étoit bien la peine !
» Les franches femmes que voilà !.....»
Et vous, à cette douce antienne ,
Vous eussiez dit , bon La Fontaine :
» Ce Monseigneur du Tigre-là
» Fut parent de Caligula ! »

ÉPIGRAMME.

De la sagesse toute pure,
Grand sectateur *incognito*,
Au fond ne voyant rien de beau,
Hormis l'argent et sa coiffure;
Lameth, un jour, d'un ton mielleux,
En minaudant disoit sans cesse :
» La Vertu seule fait la Noblesse;
» Qu'importe à l'Homme ses Ayeux ? »
Un Duc reprit avec franchise :
» Je vous tiens, pseudo-Chevalier !
» Quoique bien fils d'une Marquise,
» Vous n'êtes donc qu'un Roturier ?

OBSERVATION

IMPARTIALE

SUR LE NOM DE MYDAS

DONNÉ

A ROBERSPIERRE.

En quoi ressemble au défunt Roi Mydas
L'Ane à deux pieds qu'on nomme ROBERSPIERRE ?
Bien que soyons tous EGAUX sur la terre,
L'un nâquit Prince. — Et l'autre ? — L'autre, hélas !
Enfant-trouvé près d'un égoût d'Arras,
N'eut en naissant, pour dot, que sa misère.
Un anonyme avoit été son Père.
L'infortuné ! de la vie à la mort
Il n'avoit plus, Dieu sait, qu'un saut à faire !
La bonne EGLISE eut pité de son sort,
Et dans son sein reçut le pauvre hère.
On le nourrit ; on l'instruisit encore (1).

---

(1) *La naissance ne donne point le mérite ; la vertu fait les grands hommes, et le vice seul fait les hommes méprisables. Robespierre s'est rendu coupable de la plus noire* ingratitude *envers le digne Prélat, qui, depuis 20 ans, est l'édification du Clergé de l'Artois ; ce vertueux Evêque prit soin de son éducation, et le fit*

Tems bien perdu ! car le petit butor
N'entendoit rien , si ce n'étoit l'art de braire.
Ce fut bien pis, quand il fut en état
De marcher seul et d'aller sans lisière :
Le Monstre ! à belles dents il déchira sa MÈRE !
Puis maintenant obligez un ingrat !
Autant vaudroit choyer une vipère.
Assurément Mydas fut moins affreux.
La parité branle donc dans le manche.
Pour sa bêtise, il fut sifflé des Dieux ;
Soit. Maint Oison l'applaudit en revanche.
Mais Roberspierre, à l'instar de Target,
Ne fut-il point honni même des Anes ?
Ne vit-on point Barnave et Castellanes ,
Goutte et Lameth , à grands coups de sifflet,
De leur Confrère accueillir le caquet ?.,...
Mauvais Railleurs ! tant ne criez merveilles ;
Le sobriquet, à mon sens, ne dit rien ;
Et Roberspierre, avec le Roi Phrygien,
N'a de commun, au plus, que les oreilles.

---

même recevoir *Avocat. De concert avec un certain*
Guffroi, Député des Etats d'Artois à la Cour, (pour
le malheur de la Province,) le jeune éléve s'amuse à
composer des libelles attroces contre son bienfaiteur ;
le tout, par reconnoissance... Quel Législateur, qu'un
tel homme !
Cette Note est d'un Artésien.

VARIANTE

D'UNE ANECDOTE CONNUE.

Dans un petit Clubs déloyal
Où Barnave met tout en train,
Sieyes présidoit assez mal.
Messieurs! paix-là donc!.. mais en vain.
C'étoit un Sabbat infernal!
Le travail restoit en chemin.
Enfin Lameth un peu plus fin
Recourt au bienheureux signal ;
Sonnette dit ; *Gredin, Gredin!*...
Lors chacun par un oui soudain
Répond à *l'appel nominal.*

GRANDE IMPIÉTE,

PETIT CONTE POUR RIRE.

Un bon Chartier du Curé Goutte,
Homme franc, (j'entends le Chartier) ,
Mais, comme les gens du métier ,
Jurant, sacrant à n'y voir goutte!..
Un bon Chartier du Curé Goutte ,
Étant donc pour cause à Paris ,
Du manége un jour prit la route ,
Avant de revoir son pays.
Justement Monsieur l'Abbé Goutte
Parloit du Dieu qui le nourrit.
Le Discours étoit beau, sans doute.
Ce Saint Apôtre a tant d'esprit !
Touché de l'éloquence pie
Chacun de s'écrier : *bravo !*
Et Goutte, en modeste dévot,
Pense être au moins un Jérémie.
Embelli d'un noble incarnat
Son front pelé qui s'humilie
Semble rentrer dans son rabat.
Tout alloit fort-bien jusques-là ;
C'étoit pis qu'à la Comédie.
Quand tout-à-coup notre rustaut
Qui connoissoit l'homme à soutanne,
Se réveillant comme en sursaut,
S'écria d'une voix profane ;

Quel *bougre* d'enfer est-ce lieu?
Mieux vaudroit l'enfer véritable.
Là du moins Dieu *se fout* du Diable ;
Le Diable ici *se fout* de Dieu! (1)

---

(1) *Cet homme-là avoit sans doute appris la politesse de sa langue dans Jean-Bart, petite feuille bien patriotique, autrement dite : je m'en f...*

F I N.

www.ingramcontent.com/pod-product-compliance
Lightning Source LLC
Chambersburg PA
CBHW061736180626
46818CB00006B/2654